兒童博雅系列　146

小貓頭鷹的新朋友

你要和我當朋友嗎？教導孩子如何交朋友

作者 — 黛比・格里奧里（Debi Gliori）
繪者 — 艾莉森・布朗（Alison Brown）
譯　　者 — 張耘榕
發 行 人 — 楊榮川
總 經 理 — 楊士清
總 編 輯 — 楊秀麗
副總編輯 — 黃惠娟
責任編輯 — 吳佳怡
出版者 — 五南圖書出版股份有限公司
地址：106台北市大安區和平東路二段339號4樓
電話：(02)2705-5066　　傳真：(02)2706-6100
網址：https://www.wunan.com.tw
電子郵件：wunan@wunan.com.tw
劃撥帳號：01068953
戶名：五南圖書出版股份有限公司
法律顧問：林勝安律師事務所　林勝安律師
出版日期：2022年 1 月初版一刷

定價：新臺幣280元

國家圖書館出版品預行編目資料

小貓頭鷹的新朋友 / 黛比・格里奧里（Debi Gliori）著、艾莉森・布朗（Alison Brown）繪、張耘榕譯. -- 初版. -- 臺北市：五南圖書出版股份有限公司, 2022.01
面；　公分

ISBN 978-626-317-435-1（精裝）

873.599　　110020388

Text copyright © Debi Gliori 2022
Illustration copyright © Alison Brown 2022
This translation of Little Owl's New Friend is published by Wu-Nan Book Inc. by arrangement with Bloomsbury Publishing Plc. through Andrew Nurnberg Associates International Ltd.

小貓頭鷹的新朋友

你要和我當朋友嗎？教導孩子如何交朋友

黛比・格里奧里（Debi Gliori）著　艾莉森・布朗（Alison Brown）繪　張耘榕 譯

小貓頭鷹和赫奇斯
正在玩「動物園的餵食」遊戲。
輪到赫奇斯扮演饑餓的獅子，
而小貓頭鷹扮演晚餐。

「加油！赫奇斯。」小貓頭鷹說。「我聽不到你的聲音。要像隻真正的獅子，就像你要大口大口的吞掉我一樣。大聲吼：『哇！！！』」

「我的天啊！」
貓頭鷹媽媽說。
「好可怕的獅子哦！
幸好有小松鼠和你一起玩，
她會從饑餓的獅子那裡救你出來。」

小ㄒㄧㄠˇ貓頭ㄊㄡˊ鷹ㄧㄥ往ㄨㄤˇ上ㄕㄤˋ看ㄎㄢˋ了ㄌㄜˋ看ㄎㄢˋ，
有ㄧㄡˇ隻ㄓ小ㄒㄧㄠˇ傢ㄐㄧㄚ伙ㄏㄨㄛˇ正ㄓㄥˋ抓ㄓㄨㄚ住ㄓㄨˋ
貓ㄇㄠ頭ㄊㄡˊ鷹ㄧㄥ媽ㄇㄚ媽ㄇㄚ。

「不要！」小貓頭鷹說。

「不要！

不要！

不要！」

「哦！親愛的。」貓頭鷹媽媽說。
「不要！」小貓頭鷹說，
「我不要和小松鼠一起玩。
我要赫奇斯像獅子
一樣大聲吼：『哇！』，
而且大口大口的吞了我。」

貓頭鷹媽媽眨眨眼睛。

「好可惜哦！」她說。「我們帶了肉桂麵包來餵你的獅子，但是如果獅子沒有很餓，我們就會把肉桂麵包留給**灌木叢裡的熊熊們**吃。」

小貓頭鷹的眼睛睜得大大的。

熊熊們？
在灌木叢裡？

小貓頭鷹立刻跑去查看。
小松鼠也跟在他後面。

肉桂麵包聞起來好香。
她伸出一隻爪子，
熊熊們一定不會介意……

吃完五個麵包後，
小貓頭鷹和小松鼠回來了。
「媽咪！」小貓頭鷹叫道，
「我找不到熊熊們，他們在哪裡？
但是有人吃了麵包，
都不見了！」

「真的嗎？」貓頭鷹媽媽盯
著小松鼠說，
「也許是一種蠕蟲。
非常貪吃。牠們常常出現在
野餐中並偷偷吃光所有三
明治，只有最棒的獵人可以
找出牠們的巢穴……」

「那就是我！我就是那位最棒的獵人！」小松鼠插進來說。

「我是**最棒**的獵人。在這整座**森林**裡，媽咪說我是**有始以來**最棒的獵人。」

「沒錯！事實上，我是**全世界最棒的**。」

全宇宙最棒的。」

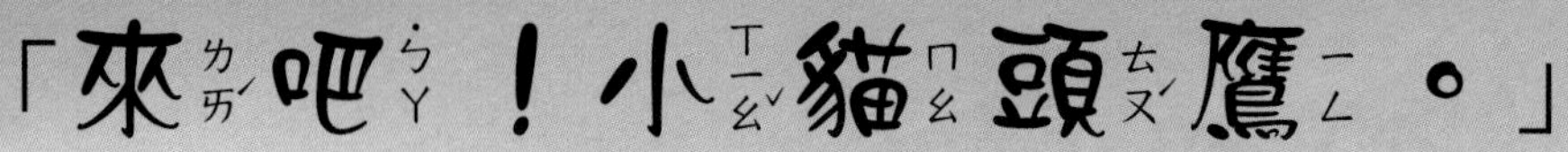

「來吧！小貓頭鷹。」

「來看我打獵！

我會找到牠們的巢穴。」

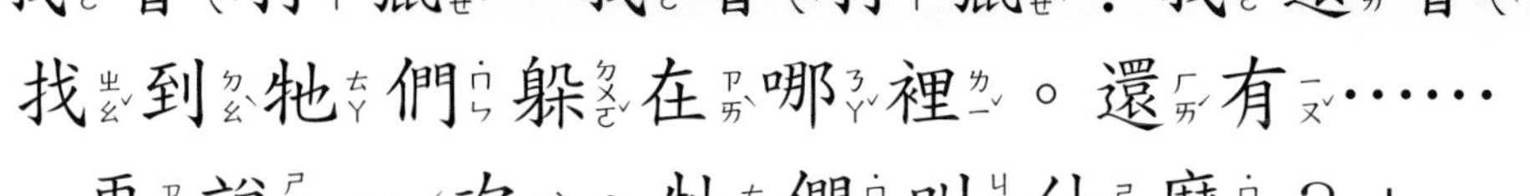

我會打獵，我會打獵！我還會

找到牠們躲在哪裡。還有……

再說一次，牠們叫什麼？」

「蠕蟲。」小貓頭鷹嘆口氣說。

小松鼠的耳朵垂了下來。

「媽咪！」小貓頭鷹說。
「我正在和小傢伙一起玩，
但是她太囉嗦了。」
「我聽到了。」貓頭鷹媽媽回應著，她正在曬衣服。
「但願這吵鬧聲能夠讓**噓噓**走開。

「**噓噓？**」小貓頭鷹問：「那是什麼呀？」
「哦，」貓頭鷹媽媽說：
「不要緊，它是完全無害的，
也許根本就看不見它。」
「它是鬼嗎？」小貓頭鷹問。

「我**不怕鬼**！」小松鼠在
一旁說道。
「我會秀給它們看！

我是多麼勇敢。
我是全世界最勇敢的
小松鼠！
我媽咪說……

你後面是什麼東西？」

「是鬼！」
小貓頭鷹說。
「哇……哇！
我要媽咪呀！」
小松鼠說。
然後她用力的撲倒在
地上哭了起來。

小貓頭鷹不想看到小松鼠哭泣，
他用小小的翅膀抱住小松鼠，
並且緊緊的抱著。

「別哭哦！」小貓頭鷹說。
「沒事了。我在這裡，我會保護妳。
妳看，這只是一件床單，根本不是鬼。」

小松鼠眨眨眼睛並且點點頭。小貓頭鷹是對的。

「小松鼠，」小貓頭鷹說：「我有一個很棒的主意。

你能不能大聲的吼：『**哇**……』？」

「嗚、嗚，哇……！」
噓噓說，
然後搖搖晃晃的走進廚房。

「呀！」貓頭鷹媽媽說，
「我的小貓頭鷹在哪裡呢？我們的小松鼠在哪裡呢？
你對他們做了什麼？」

「哇……大口大口咬聲、鼻氣聲，」

噓噓說，
「我們的肚子空空的，好餓哦！
晚餐在哪裡呢？」

當小松鼠喝了兩碗橡子湯、吃了五片種子餅乾，還有兩片半的榛果奶油派之後，就不停的說話。

晚ㄨㄢˇ餐ㄘㄢ後ㄏㄡˋ，
小ㄒㄧㄠˇ松ㄙㄨㄥ鼠ㄕㄨˇ的ㄉㄜ媽ㄇㄚ媽ㄇㄚ來ㄌㄞˊ
帶ㄉㄞˋ她ㄊㄚ回ㄏㄨㄟˊ家ㄐㄧㄚ。

當她們離開後，
小貓頭鷹仍然聽得到小松鼠
的說話聲，一直**說不停**。

「夜深了，」小松鼠說。
「抓好我的爪子，媽咪。
我們看到了熊熊
還有獅子們，
還有一隻噓噓。
我可以再去找貓頭鷹
他們嗎？小貓頭鷹是我最
最要好的朋友了。」

「你交了一位非常愛說話的新朋友。」
貓頭鷹媽媽說。
她正在讓小貓頭鷹上床睡覺。

「對呀……」小貓頭鷹打著哈欠道。

「小松鼠好可愛哦！
而且，她可以像真正的獅子一樣大吼：
『**哇**』哦！」

「我希望她再來跟我玩。」

終於，寂靜降臨到小貓頭鷹的家中。
小貓頭鷹抱著他那非常安靜的好朋友
——赫奇斯，很快的睡著了。